Wolf Wondratschek

Lied von der Liebe

Deutscher Taschenbuch Verlag

Originalausgabe
Juni 2008
Deutscher Taschenbuch Verlag GmbH & Co. KG,
München
www.dtv.de

Umschlagkonzept: Balk & Brumshagen
Umschlaggestaltung: Lilo Rinkens unter Verwendung
eines Fotos von Roswitha Hecke
Gesetzt aus der Stempel Garamond 10,25/13'
Druck und Bindung: Druckerei C. H. Beck, Nördlingen
Gedruckt auf säurefreiem, chlorfrei gebleichtem Papier
Printed in Germany · ISBN 978-3-423-13664-8

Liebe, dann tu, was du willst.

Augustinus

Lied von der Liebe

Wir lagen, faul vor Liebe,
noch im Gras, da färbten schon
sich über uns die Blätter.

Dann standen die Bäume kahl.
Ich sah den Himmel, mehr davon,
als mir lieb war.

Nein, mit der Liebe unten
hat der Himmel nichts zu tun.
Ich nahm eine Handvoll Erde.

Da hast du gesagt: das da
in deiner Hand, so will ich,
daß ich werde.

Liebesgedicht auf meine Geburt

Ich bin gekommen, Mama –
von innen, aber auch ein bißchen
von unten, wie in der Liebe auch.
Ich lag dann, naß und verschwitzt,
nicht wahr, Mama?, auf deinem Bauch.
Wir waren beide naß und verschwitzt,
und hatten, wie in der Liebe auch,
ein Leben vor uns.

Ein Traum

Auf einem Baum sitzen.
In die Prärie schauen.
Nicht lieben müssen.

Der Horizont öffnet sich
in Form einer Frau,
die nie näher kommt.

Nicht lieben müssen,
es wär dann ein Leichtes
zu lieben.

Gute Neuigkeiten

Streichle ihr Haar sanft,
wie es nicht mehr Mode ist.
Nimm eine Handvoll davon
in deine Faust, nicht wütend,
tu ihr nicht weh, aber spüren
soll sie das Begehren eines Mannes,
der sich entschieden hat.

Vorbei die Zeit der kleinen Ewigkeiten.
Vorbei die vielgeliebte Abwechslung,
mehr geliebt als die Liebe.

Oh, es war schön, das will ich nicht leugnen.
Aber ich tat es auf der Suche nach etwas
Schönerem, das mehr ist, viel mehr
als nur Schönheit.

Mit welchem Recht?
Mit keinem als dem meines Herzens,
das weiß, du wartest.

Frühling in Saturnia

Der alte Mann trat aus dem Haus.
Auf den Bänken saßen die anderen alten Männer,
und die Toten lagen auf dem Friedhof.
Er kannte das alles.

Einen Winter lang hatten die Katzen geschlafen
und Gott, faul wie er war, auch.
Der Schnee schlief sogar, während er fiel.
Sonst war, außer daß ein Brief eintraf,
monatelang nichts passiert.

Seine Enkelkinder, las er, studierten in Amerika,
konnte sich darunter aber nichts vorstellen
und ging in die Kirche.

In die Kirche ging er regelmäßig,
das war wie Essen und Trinken.
Danach ging er wieder nach Hause
und las den Brief wieder.

Als er ihn einmal nicht sofort fand,
hatte er seine Frau im Verdacht, ihn verlegt zu haben,
und rief nach ihr, bis ihm einfiel,
daß sie nicht da war
und er die Blumen, die noch in der Vase steckten,
auf ihr Grab legen wollte.

Den Brief nahm er mit;
sie hatte Neuigkeiten immer gemocht.

Immer wieder blieb er ein wenig stehen
beim Gehen, suchte mit der Hand die Luft ab
nach Sonne, Regen und Erinnerungen.
Er liebte den Frühling, aber warum
sollte er seine Frau damit ärgern?

Sie hatte Männer nie gemocht, die im Frühling
noch mehr Aufhebens machten von allem
als ohnehin schon das ganze Jahr.

Auf dem Heimweg fiel ihm ein Lied ein,
das ihm gefiel, ein einfaches Lied.
Ein junger Mann liebt ein junges Mädchen.
So muß es sein, dachte er,
in der ersten Strophe sind sie glücklich,
in der letzten tot.

Gedicht

Aus dem einen oder andern
mach einen Menschen.
Doch davon kein Wort.
Kein Wort über Vergangenes,
womit auch der gestrige Tag gemeint ist.
Nicke noch eine Weile ihm zu
bei Gewohnheiten, die dich stören.
Er wird sie aufgeben. Darüber,
siehst du, lacht er schon jetzt.
Zum ersten Mal in seinem Leben
wird er etwas erfinden, das er
dir zeigt. Laß ihm Zeit, noch einmal
hinauszulaufen ins Leben.
Erspare ihm alle Lügen der Liebe.
Komplimente, bitte, nützen nichts.
Auch die Kugel, die ins Herz trifft,
sucht Wärme.

Liebesgedicht auf die Mädchen, die keiner liebt

Schön war keine. Und keine hatte Idealgewicht.
Und ihre Unterwäsche war nie was Besonderes. Aber

es gibt Stunden, wo es guttut, an sie zu denken
und sich zu wundern, daß es sie gibt. Immer waren
sie da, vor allem immer, wenn man sie brauchte.
Ob nackt oder nicht, nie richteten sie Schaden an.
Sie bevorzugten das reine Vergnügen in der Sekunde
seiner Entstehung. Das Bett füllte sich mit Dankbar-
keit.
Es machte Spaß, wie sie sich mit dem begnügten,
was Spaß macht. Es passierte nicht viel. Wie gern
ich das hatte. Ich habe ihnen zugehört. Wie gern
ich zuhörte. Viel verstand ich nie. Wie gut das tat.
Trotzdem verliebte sich nie einer in sie. Auch wir
beließen es dabei, uns zu lieben. Und nie verriet
auch nur die Bewegung einer Augenbraue ein Bedauern,
daß die Welt, in die wir zurückkehrten,
Unglück prophezeit.

So wenig

Was alles Glück sein soll!
Durchwühlen wir die Angebote,
das der Woche, des Tages,
der langen Nächte.

Hinunter ins Vergnügen,
sieh dich vor.
Was das Auge nicht sieht,
schreit dir einer ins Ohr.

Nur was es zweimal gibt,
hat sich gelohnt.
Wir sind nicht gekommen,
daß man uns schont.

Andere Städte als diese sind unser.
Die Toten tragen das Königskleid.
Ein Augenzwinkern genügt,
und wir wissen Bescheid.

Wir sind, immer in Reichweite
einer Steckdose, dauerhafter
als Schakale.

Wir sind quitt
mit dem Unterschied zwischen
Mann und Frau.

Wir sind böse.
So wenig bleibt,
wenn wir Glück haben.

Liebesgedicht

Du bist in Hochform,
doch doch, das bist du.
Du bist immer in Hochform,
wenn die Fetzen fliegen.
Dieses Mal ist es Buddha, der fliegt,
und zwar gegen die Wand,
ein zwetschgengroßer Buddha,
der dort abprallt und langsam zurückrollt,
dir direkt zwischen die Beine.
Und du stehst da, breitbeinig,
also absolut in Hochform,
bückst dich,
auch das liebe ich,
nimmst den Buddha vom Boden
und stellst ihn wieder zurück
neben den Nagellack
und sagst: ihr Dreckskerle
zu uns beiden.

So wahr mir Gott helfe

Als ich mich in dich verliebte,
wußte mein Körper früher als ich,
was los war, und fing an zu schreien,
irgendetwas in Richtung Bauch,
was sofort meine Beine in Mitleidenschaft zog,
denn sie waren unbrauchbar, als ich aufstand
und mich entschuldigte. Auf diese Art Neuigkeiten
war ich nicht gefaßt gewesen (und ich haßte Romane,
in denen sowas an der Tagesordnung war).
Meinem Körper allerdings war alles egal.
Er schrie zwar nicht mehr, aber sein Flüstern,
das dann einsetzte, war noch lauter.
Ich schloß die Augen.
Mein Kopf war eine Rennstrecke vieler Gedanken,
die alle den Weg nach Hause vergessen hatten und nun
die Toilette nicht mehr verlassen wollten.
Ich hatte Mühe, mich dir wieder gegenüberzusetzen.
Wir unterhielten uns, nehme ich an, wobei mir auffiel,
daß du viel lieber mit meiner Nase sprachst,
mit meinen Fingern, meinen Schultern.
Natürlich nahmst du zu Recht an,
daß die dich besser verstehen als ich.
Auch mein Bauch mischte sich wieder ein,
abgrundtief begeistert von dir.
Dann, ich war unfähig, es zu verhindern,
hast du auf meiner Haut eine Zigarette entzündet.

Liebst du mich?

Ob ich dich liebe? Ich weiß es nicht
und wage nicht, es zu wissen. Ich fürchte
alle Nachteile dieser Gewißheit und will
auch mit den Vorteilen nicht leben müssen.

Ich halte schon die Frage für gelogen
und fühlte mich um all meine Zweifel betrogen,
wüßte ich eine Antwort. Ich schweige nicht,
mir sind nur, Geliebte, die Sinne benommen.

Ich kann nie genug bekommen von meiner
Unvollkommenheit, vom Licht, wenn es verlöscht,
und von den Rätseln der Ruhe in deinen Augen.
Wie wenig dann Worte taugen!

Was an mir sterblich ist, nimm es dir.
Es gehört keinem, nicht einmal mir.

Schluß damit!

Schluß damit,
daß ich Dir nie
begegnet bin.

Schluß mit den Männergeschichten
zwischen Mann und Frau.
Schluß damit!

Diese kleine, klägliche Angst,
die Ihr Liebe nennt,
Schluß damit!

Für eine große Liebe
braucht es zwei Einzelgänger
und ein Gebet.

Sei meines,
wenn die Liebenden schlafen
und in den Häusern die Stille steht.

Dann komm, dann geh!
Tu beides mit der Heftigkeit
eines Sommergewitters.

Es war Sommer

Es war Sommer,
und die Sonne schien,
und noch kürzer, das sah ich ein,
kann man Zehennägel nicht schneiden
und ließ es sein und las die Geschichte
weiter, die ich angefangen hatte,
eine Liebesgeschichte voller Hinweise
auf alle Fehler, die ich hinter mir
und in bester Erinnerung hatte,
säße ich sonst hier und bewunderte
das Paarungsverhalten der Fliegen,
einfach, schnell und auf Zucker?

Die Männer erzählten

Die Männer erzählten,
wenn das Wichtigste gesagt war,
noch ein wenig von sich und damit
unweigerlich Frauengeschichten und
damit, nach dem einen oder anderen Schluck,
nichts Neues. Neu war auch nicht,
daß es in Frauengeschichten
auf die Geschichte ankam, nicht
auf die Frauen – was in Ordnung geht,
denn was einer nicht versteht,
ergibt keine Geschichte.

Was für eine Freude

Nichts rührte sich, nicht mal die Welt
rührte sich, um es kurz zu machen. Und ich,
wie immer, wenn nichts zu ändern war,
war einverstanden. Und es war nicht zu ändern.
Und ich war einverstanden. Ich hatte keine Idee,
was ich sonst hätte tun können, vor allem in Ruhe.
Ich wollte, sollte es das geben, meine Ruhe.
Ich hatte es satt, an Frauen zu denken.
Frauen gab es, aber keine weit und breit.
Es gab jede Menge Frauen, aber keine gab es,
keine zwei. Es gab keinen Grund, daß es so war,
aber es war so. Am Ende war es immer so. Und
es war das Ende. Kein Grund, sich zu freuen.
Aber wenn es gelang, sich zu freuen,
was für eine Freude.

»Nighthawks«
nach Edward Hoppers Bild

Es ist Nacht,
und die Stadt ist leer.
Die Glücklichen sind zu Hause
oder, noch wahrscheinlicher,
es gibt keine mehr.

Auf Hoppers Bild sind vier Menschen übriggeblieben,
sozusagen die Standardbesetzung:
der Mann hinterm Tresen, zwei Männer und eine Frau.
Kunstfreunde, Ihr könnt mich steinigen,
aber diese Situation kenne ich ziemlich genau.

Zwei Männer und eine Frau,
als ob das ein Zufall wäre –
Ihr bewundert den Bildaufbau,
mich packt das Lustgefühl einer
vollkommenen Leere.

Geredet wird nichts, was auch?
Beide rauchen sie, aber nirgendwo Rauch.
Ich wette, sie hat ihm einen Brief geschrieben.
Was auch immer drin stand, er ist nicht mehr der Mann,
ihre Briefe zweimal zu lesen.

Das Radio ist kaputt.
Die Air-condition dröhnt.
Ich höre das Heulen einer Polizeisirene.
Zwei Ecken weiter steht im Hauseingang ein Fixer,

stöhnt und sticht sich eine Nadel in die Vene.
So sieht das aus, was man nicht sieht.

Der andere Mann ist allein
und erinnert sich an eine Frau,
auch eine in einem roten Kleid.
Es ist eine Ewigkeit her.
Es gefällt ihm, daß es solche Frauen noch gibt,
aber es interessiert ihn nicht mehr.

Wie könnte es damals
zwischen ihnen gewesen sein?
Ich wette, er wollte sie haben.
Sie sagte, ich wette: »Nein«.
Kein Wunder, Kunstfreunde,
daß dieser Mann Euch den Rücken zudreht.

Die Russin

Sie will verlorengehen
und gefunden werden
von allen.

Was sie weiß, streicht sie
in alten Büchern an.

Was sie will, macht sie
wie ein Kind.

Sie will spüren, daß dieses Leben
wehtut. Aber sie ist
glücklich.

Sie arbeitet
wie ein Arbeiter,
der träumt.

Männer folgen ihr,
weil sie nicht sterben können
ohne diese Art Abenteuer,
schon gar nicht in Paris,
wo sie wohnt.

Hölderlin und die Huren

Nicht daß Sie meinen,
ich will Ihnen weismachen,
daß Huren Hölderlin lesen,
ach was, auf Kunst können die verzichten.
Es ist schon Kunst, wenn sie mal lachen.
Aber eines Tages, als ich Hölderlin erwähnte
und davon sprach, daß er so sehr an einer Liebe litt,
daß er darüber verrückt wurde, da
nahm sie das ganz schön mit.
Aufmerksam hörten sie zu.
Sie lieben solche Geschichten der Lust und Liebesqual
und stellten sich ihn vor, empfindsam zwar,
aber doch hoffentlich auch ein wenig brutal.
Ein bißchen so wie Marlon Brando im T-Shirt.
Den Namen Hölderlins hatten sie nie zuvor gehört,
aber in ihren Gesichtern spiegelte sich das Vergnügen,
daß sie so einem so ziemlich alles zutrauen.
Und es spiegelte sich in den Gesichtern der Frauen
auch die Enttäuschung, denn eines wissen sie:
das mit der Liebe sind alles Lügen,
auch wenn man nie aufhört,
darüber verrückt zu werden.

Schwanensee

Sie sind beide todmüde
und eigentlich reif fürs Bett,
wären da nicht diese Karten
fürs Staatsballett.

Er hat es eilig.
Sie läßt sich Zeit.
Die Flucht aus dem Alltag
beginnt im Streit.

Ihm ist plötzlich die Jacke zu eng.
Ihr kommen fast schon die Tränen,
dabei will sie doch erst später weinen
beim Anblick von sterbenden Schwänen.

Sie kennt ihn, er findet es übertrieben,
daß sich zwei Menschen so unglücklich lieben.
So träumt sie allein, mit feuchten Händen,
von Liebesgeschichten, die tragisch enden.

Vom Sterben träumt sie, von Liebe, von Küssen,
und schließt ihre Augen, vom Schauen verführt,
und weiß doch, sie wird sich beherrschen müssen,
auch wenn sie berühmte Gefühle verspürt.

Sie könnte sich im Schwanensee ertränken!
Sie trinken nachher noch ein Bier.
Es hilft ihr, nicht mehr dran zu denken.
Aber weiterleben, denkt sie, wofür?

Wie schön es ist, vor Glück zu leiden.
Sie leidet auch, doch fühlt sie nichts dabei.
Ein Würfel hat sechs Möglichkeiten.
Ihr Leben nicht mal zwei.

Tod des Harfenmädchens

Sie sieht ihn kommen
und öffnet die Tür.
Sie tut es für immer.

Der Fehler, Gefühle zu haben, fällt ihr nicht auf.
Im Gegenteil, sie möchte lieben dürfen, lange,
ausdauernd lange bis zu ihrer Genesung.

Was im Schlafzimmer geschieht,
ist kein Grund, deutlich zu werden.
Nur soviel: Er erledigt, was er will,
wie mit einer, die sie nicht ist,
und geht, wie er gekommen.
Selbst die Erinnerung an ihn
hat er mitgenommen.

Die reizende, große Primadonna tritt in der Eile in eine Pfütze, und ihre silbernen Schuhe sind dahin.

Vladimir Nabokov

Als Alfred Jarry merkte,
daß seine Mutter eine Jungfrau war,
bestieg er sein Fahrrad

Mitunter Polen und was mir gefällt
erbaut aus Pappmaché an einem Merdredi
den Spinnenhimmel einszweidrei
ein Tandem im Delirium
ein Sporttrikot den Mittelscheitel
tja! sagt die Welt und geht zu Fuß zu Grunde
was mir gefällt gefällt mir ohne Welt
und irgendwo im Spaß
reift eine dicke Birne Ewigkeit

Thema verfehlt

Sie sollten Dichter werden! –
sagte der Deutschlehrer und gab mir
mit dem entsprechenden Gesichtsausdruck
meinen Aufsatz zurück.

Siehst du, sagte mein Vater
und gab mir mit dem gleichen Gesichtsausdruck
eine Ohrfeige.

Vor dem Einschlafen gab mir Mutter,
obwohl sie wußte, wie ich das haßte,
einen Kuß.

Die Engel, rothaarig und rotzfrech,
waren unbrauchbar für einen geruhsamen Schlaf.
Aber ist Gott der Mann, der sich entschuldigt?
Ich traf ihn dann auf dem Schulweg,
wagte aber nicht aufzuwachen.

Umfrage II

Wie ich mich morgens fühle?
Ich plane in aller Ruhe
die Zukunft der nächsten Minute.
Danach hänge ich meinen Gedanken Glöckchen um,
denn schon spüre ich deine Hand –
und was die will, nimmt sie sich auch.
Danach gehen wir duschen.
Und schon hat jeder Wassertropfen
eine andere Idee, uns zum Lachen
zu bringen.

Glücksfälle
(Cartoon)

Starkstromleitungen berühren und genau wissen, daß man nicht enttäuscht sein wird;
sich einen Strick um den Hals legen und sehr daran hängen;
die Pistole gegen die eigene Schläfe halten und hoffen, tief beeindruckt zu werden;
vom letzten Stockwerk eines hohen Hauses springen, um wirklich einmal richtig aufzufallen;
auch der Sprung aus neun Meter Höhe kann ein Glücksfall sein;
es genügt aber nicht: sich ein Bein auszureißen, den Kopf zu verlieren, vor Freude zu platzen, vor Vergnügen zu sterben, vor Scham in den Boden zu versinken, im Geld zu ersticken; sich einfach treiben zu lassen, sich kaputt zu lachen, sich zu halbieren, sich umzubringen jeden Tag;
den Gashahn aufdrehen, dann hat man die Nase für immer voll;
dreißig Schlaftabletten schlucken, um wirklich seine Ruhe zu haben;
das Auto gegen einen Baum fahren und froh sein, wenn man sein Ziel endlich erreicht hat;
aus dem fahrenden Schnellzug springen und ganz sicher sein, sich dieses Mal nicht wieder in der Tür geirrt zu haben;
russisches Roulette spielen und sofort gewinnen;
eine Rasierklinge nehmen, und die ganze Sache ist geritzt

Eine nackte Prinzessin? Erzählen Sie keine Märchen, sagte der Zwerg.

Und der Prinz führte seine Prinzessin heim auf das Schloß, und dort lebten sie glücklich und zufrieden bis an ihr Lebensende. Was geschah sonst noch? Am zweiten Tag nach Beendigung des Märchens gingen der Prinz und die Prinzessin im Schloßpark spazieren; mehrmals zeigte der Prinz mit ausgestreckten Armen hierhin und dorthin.

Die Prinzessin zitterte vor Kälte, gleichwohl war es ihr warm ums Herz.

Zum Beispiel redeten sie nicht miteinander, während sie gingen; sie schwiegen auch nachts.

Obwohl der Prinz die Prinzessin nur sehr selten zu Gesicht bekam, las er ihr, zuweilen sogar mehrmals täglich, jeden Wunsch von den Augen ab.

Da sie zu den Dienstboten auf Geheiß streng sein mußte, war die Prinzessin zu den Dienstboten sehr streng.

Weil man es nicht anders gelesen hatte, wurde einem fortwährend mit sich selber redenden Diener die Zunge herausgeschnitten. Und weil man sich an das Gelesene erinnert, war das nur ein Scherz.

Zuweilen träumte die Prinzessin, jetzt aber schämte sie sich dieser Angewohnheit.

Nach etwa einer Woche derartigen Glücks trat der Prinz in das Zimmer der noch schlafenden Prinzessin. Er habe geschäftlich zu tun, sagte er und beugte sich zum Abschied herunter zu ihr und küßte sie auf den Mund.

So konnte es nicht ausbleiben, daß sie sich bald langweilte.

Nachdem sie alle Räume des Schlosses besichtigt hatte, ließ sie sich die Kellergewölbe zeigen.

Ein Diener benutzte Kerzen.

Die Prinzessin hörte plötzlich das Geräusch einer Stimme. Die Prinzessin ließ das elektrische Licht einschalten. Sie sah einen Mann, dessen von zerrissenen Kleidungsstücken nur notdürftig bedeckter Körper an das feuchte, aus schweren Steinquadern gefügte Mauerwerk gekettet war.

Ein zweiter Diener bat die Prinzessin daraufhin, diesen Anblick zu vergessen.

Die Prinzessin, es sei denn, man glaube der Überlieferung derartiger Sachverhalte, zögerte.

Da der Mann, wie sich schnell herausstellte, die Gestalt eines Zwerges hatte, befreundete sich die Prinzessin rasch mit ihm.

Zweimal wurde der Zwerg gewaschen. Am nächsten Morgen frühstückte die Prinzessin zum erstenmal mit einem Zwerg.

Vor allem mußte sich der Zwerg vor der Prinzessin immer wieder tief verbeugen. Ungeachtet dieser Tatsache waren beide sehr glücklich. Sie gingen im Schloßpark spazieren, sie sprachen miteinander, während sie gingen; mehrmals zeigte die Prinzessin mit ausgestreckten Armen hierhin und dorthin.

Im Schloß sprachen sich Dinge herum, die keiner auszusprechen gewagt hätte.

Oft mußte der Zwerg über die Prinzessin lachen, weil die Prinzessin noch über die kleinste Bewegung des Zwerges lächeln mußte.

Zu dieser Zeit geschah es, daß der Prinz seinen achtundzwanzigsten Geburtstag feierte. Was geschah sonst noch?

Im Thronsaal saß die Prinzessin jeden Tag auf ihrem Thron. Draußen schien die Sonne, aber drinnen verbeugte sich der Zwerg vor der Prinzessin immer tiefer. Bald aßen sie gemeinsam im Gemach der Prinzessin. Manchmal ließ der Zwerg eine Kerze anzünden.

Seit sie den Zwerg kannte, freute sich die Prinzessin über Kleinigkeiten. Und so kam es, daß der Zwerg die Prinzessin auf den Mund küßte, wenn er die Prinzessin umarmte. Wenn der Zwerg eingeschlafen war, lächelte die Prinzessin jedoch.

So vergingen Monate und Monate. Während sich der Zwerg im Thronsaal verbeugte und lachte, lächelte die Prinzessin, weil der Zwerg nun fast den Boden berührte.

Allerdings waren die Prinzessin und der Zwerg durch drei vergleichsweise hohe Stufen voneinander getrennt. Nur einmal durfte der Zwerg eines Tages an diese Stufen herantreten, einem Wink der Prinzessin zufolge, die jede Bewegung aufmerksam verfolgte.

Noch am gleichen Tag schlug der Zwerg mit dem Kopf so genau auf die erste der drei vergleichsweise hohen Stufen, daß ihm der Schädel brach.

Während die Prinzessin auf dem Thron saß, strömte das Blut aus dem Zwerg. Als der Prinz den Thronsaal betrat, lachte die Prinzessin zum erstenmal.

Zu ihren Füßen lag der Zwerg, der von einem Dienstboten mit einer einzigen Handbewegung entfernt wurde.

Plasticman meets the Thing

Sie standen mit beiden Beinen auf der Straße.

Die Bewegungen des Herrn entsprachen offenbar den Vorstellungen der Dame. Jedenfalls konnte man das den Bewegungen der Dame entnehmen. Am Ringfinger trug die Dame zwei Ringe. Die Brille des Herrn, eine Sonnenbrille, steckte in der oberen Jackentasche des Anzugs des Herrn.

Die Dame hatte ein Bein schräggestellt; das andere Bein der Dame war in der Haltung des Weitergehens auf ihrem Vorderfuß verharrt.

Und die Dame atmete jetzt, daß es der Herr hören konnte, denn der Herr hatte die Hand an der Hüfte der Dame.

Und die Hände des Herrn fuhren an den beiden Seiten der Dame hinauf. Während die Hand des Herrn zuerst die linke Brust der Dame umfaßte, blickte die Dame fragend in das Gesicht des Herrn.

Weder die Ausführungen der Dame noch die Vorkehrungen des Herrn ließen auf eine näher zu bezeichnende Art ihrer Bekanntschaft schließen.

Mit der Zungenspitze berührte die Dame das Gesicht des Herrn.

Alsbald verkrampfte sich die Hand des Herrn am Hinterteil der Dame.

Beide sagten eigentlich nichts.

Daraufhin zog der Herr den rechten Teil der Brust der Dame heraus; dabei streckte der Herr seine Zunge vorwärts.

Später bedeckte die Zunge der Dame das Gesicht des Herrn. In der Folge derartig, so schien es, hemmungsloser Absichten geriet der Herr immer mehr an die Dame heran, die ihrerseits alles daran setzte, dem Herrn wohlzugefallen.

Und der Herr atmete jetzt, daß es die Dame hören konnte. Und die Dame machte einen ganzen Schritt zwischen die beiden Schenkel des Herrn. Und der Herr reagierte seinerseits.

Da die Haare der Dame hinten zu einem Zopf gebunden waren, löste der Herr diesen Zopf. Zu diesem Zweck öffnete der Herr abermals die Augen. Der Herr sah, wie die Halsschlagader am Hals der Dame plötzlich heraustrat, denn es war, als wolle die Dame etwas mit Gewalt aus dem Herrn herauspressen. Im Verlauf dieser Vorgänge tat der Herr seine Zunge mehrmals in den Mund der Dame. Der Herr faßte dabei die Dame mit den Fäusten am Nacken, auf dessen jetzt gespannter Haut die Schweißtropfen glänzten. Während nun der Herr die Oberfläche der Dame betrachtete, schoben sich die Hände der Dame zusehends über die Oberfläche des Herrn.

Unaufhörlich wellten sich die Haare der Dame im Rhythmus des Herrn.

Oftmals legte der Herr die Zunge auf die Augen und die Ohren der Dame, die sich auch herumbog und, während die Tätigkeiten entschiedener wurden, ihren Kopf kreisrund zu drehen begann.

Die Dame ächzte unter dem Zugriff des Herrn. Die Zähne der Dame verbissen sich in das Fleisch des Herrn.

Plötzlich umklammerte die Hand der Dame den

Hodensack des Herrn. Die Dame blickte herunter auf das Glied des Herrn. Der Herr hatte die Möglichkeit, seinen Schenkel zwischen die beiden Schenkel der Dame zu stellen.

Der Herr handelte entsprechend dieser Möglichkeit.

Zwischen den Griffen des Herrn entblößten sich die Schultern der Dame.

Am Unterarm des Herrn, dessen Bewegungen an Heftigkeit niemals zunahmen, traten die Muskeln heraus.

Der Körper des Herrn beugte sich schließlich über den Körper der Dame.

Fast gleichmäßig verringerte und vergrößerte sich jeweils der Abstand der Körper zueinander. Dabei war zu erkennen, wie sowohl der Herr als auch die Dame ihr jedenfalls erstaunliches Vergnügen durch eine gegenseitige Gewöhnung vergrößerten. Der Herr öffnete seinen Mantel über der Dame. Und die Dame legte nun beide Arme, an deren Enden die Hände sich ruckartig verkrallten, um den Nacken des Herrn. Ein Wind rollte den Hut vom Kopf des Herrn. Der Herr atmete erleichtert auf. Einen Augenblick schien es, als liebten sich der Herr und die Dame auf ihre Weise. Der Mund der Dame saugte sich fest in der Halswölbung des Herrn, der einen freilich nur für Außenstehende erkennbaren Augenblick lang seinem langsam über den Gehsteig rollenden Hut nachsah.

Nicht wahr, sagte der Herr. Nicht wahr, ohne die Zunge aus dem Mund der Dame zu nehmen.

Raoulito – Gedichte

Eines Tages wird dir dein Kind
ins Gesicht spucken, aber es wird,
wenn du Glück hast, dabei weinen.

Raoulito

Da liegt er,
der kleine Kerl,
in seinem Bettchen
und schläft.

Schade eigentlich,
daß er mit jedem Tag
uns Menschen immer
ähnlicher wird.

Raoulito schläft

Daß ich deinen Schlaf beschütze,
mein Kind, ist Vaterpflicht,
und daß du es warm hast.
Aber daß ich im gleichen Zimmer
nur noch ab und zu eine rauche
und dann das Fenster öffne
und wie ein Dieb atme
und wie sein Komplize
auf Zehenspitzen gehe,
weil ich fürchte,
du könntest aufwachen?
Und daß die ganze Zeit
der Hörer neben der Gabel liegt
und ich kaum wage, die Seiten eines Buches
umzublättern, und so Sachen hinkritzle,
dummes Zeug wie zum Beispiel
„Eine Handvoll Himmel macht Pipi“?
Was ist los mit mir?
Soviel Liebe gibt es?

Mit Raoulito im Zoo

Wir gehen in den Zoo,
er mit dem kleinen Finger,
der überall hindeutet, vorneweg.
Das da, sagt er, was ist das?
Da taucht irgendwann mal ein Nilpferd auf,
sage ich. Sein Finger ist klein
wie der Schnabel einer Amsel.
Und die Giraffe da oben?
Und die Bären da hinten?
Und da drüben die Flamingos?
Was machen die da?
Tja, denke ich, gute Frage.
In den Käfigen der Katzen spielt keine Musik.
Die Adler schlafen.
Stumm verstauben die Büffel.
Die Affen, mein Sohn, weinen,
und Raubtiere kann man nicht streicheln,
und alle Elefanten, die ich kenne,
sind voller Unruhe.

Raoulito kann fliegen

Ich kann fliegen, behauptet er,
breitet die Arme aus, holt Luft,
hüpft hoch, ein paar Zentimeter,
steht wieder und sagt, siehst du?

Um was sonst, denke ich, geht es
unter Sterblichen, wenn nicht hin
und wieder um den Zauber einer
kurzen Sekunde, am besten einer
zwischen Himmel und Erde?

Raoulito wünscht sich was

Sagt nie, daß ich müde bin.
Ich bin doch ein Kind.
Ich will erst schlafen gehen,
wenn alle eingeschlafen sind.
Also laßt mich in Ruhe.
Ich bin doch ein Kind.
Ich kann mit Augen schlafen,
die offen sind.

Raoulito ist sieben und kennt sich aus

Mädchen mag er nicht. Trotzdem
denkt er manchmal an eines, das im Maul
eines Nilpferds wohnt und Trompete spielt.
Das mit dem Nilpferd glaubt er nicht, aber
abends, bevor er einschläft, hört er sie spielen.

Eine Geschichte für Raoulito

Zwei junge Buben besuchen ein Museum,
was sie freiwillig und deshalb gern tun.
Ich will auch Maler werden, sagt der eine,
nachdem er sich umgeschaut hat, und du?
Der andere schaut sich auch um und sagt,
dann werde ich dein König.

Rat an meinen Sohn

In jedem Raum
gibt es eine Ecke,
die interessanter ist
als die übrigen drei –
und der setze dich
gegenüber.

»Das Glück ist eine Ungeheuerlichkeit;
die es suchen, werden bestraft!«

Gustave Flaubert

Mein Tod
Requiem in memoriam Jane S.

Sie hat nie einen Brief bekommen.

Was konnte sie dafür?
Sie war wie geschaffen für das Unglück.

Das Leben ist schön. Man muß nur ängstlich
darauf bedacht sein, alles lächerlich zu finden.

Bis zuletzt
stand sie früh auf,
frühstückte ausgiebig,
streichelte ihre Katze,
ging noch zum Markt,
aufrecht, sonderbar schön
und schon lautlos.

Sie hatte Angst davor,
daß sie wußte, daß sie verrückt war.

Sie mußte sich also beeilen.

Sie war nicht mehr jung genug
für falsche Entscheidungen.

Zuhause,
in den Ecken,
saß das Sterben
und wartete.

Dem, der sich tötet,
erscheint immer größer
das Unglück aller.

Wann begann es?
Ich weiß es nicht mehr.
Alles war gut. Aber
es ist lange her.

Ich weiß nur, es tat nicht weh,
war unsichtbar und blutete nicht.
Ich weiß nur, ich war ein Kind
und fühlte mich so sicher
im Schutz von Vaters Gesicht.

Dann begann es in Gedanken.
Dann begann es.

Ich war immer schon die, die sich jetzt tötet.

Ich habe aufgehört, etwas zu wollen,
krank vom Gekreisch der Kraft.

Als ich dich liebte,
wurde die Liebe etwas,
das traurig macht.

Nur noch das Sterben war maßlos genug.
Sie sehnte es mit unerklärlicher Geduld herbei.
Der Tod kennt viele Männer.
Sie liebte einen, er schickte zwei.

Ich bin dein Krieg.
Du bist mein Frieden.
In einem sind wir vollkommen:
wir sind vollkommen verschieden.

Du hast dich von mir abgewandt.
Ich wende mich dir zu.
Was soll ich mir bewahren?
Wer von uns beiden warst du?

Sie blieb dem Bild treu,
das ihr immer weniger glich.
Sie spielte ihre Rolle roh,
direkt und ungerecht. Aber
Freunde liebten sie so –
und für den Bruchteil von Stunden
war sie der Abgrund ihres Begehrens.
Vom Siechtum ihrer Schwermut geschwächt
blieb sie unbelehrbar die Schwierige.

Weit und breit nichts Einfaches in Sicht.

Ihn, der sie lehrte die Sanftmut der Liebe,
liebte sie nicht. Ihn warf sie ins Dornengestrüpp
zu den großen Gedanken.

Mein Bauch ist ein frierendes Kind.
Meine Hände beten.
Macht kein Geheimnis daraus.
Begrabt, was ihr findet.

Sie blieb allein.
Sie hat sich nicht mehr gewehrt.
Ich weiß, ich werde wieder eine Seele haben,
wenn ich tot bin.

Am liebsten bin ich allein,
dann komm ich zu dir.

Am liebsten bin ich bei dir,
dann geh ich wieder.

So lege ich auf der Suche nach Glück
Kilometer zurück.

Du hörst einen Menschen weinen; das bist du.
Du hörst deinem eigenen Weinen bald ohne Tränen zu.

Die Wände – Wahrzeichen des Wahnsinns.

Beim Gleiten ihrer Hände
über den schläfrigen Körper der Katze
fühlte sie die Ruhe einer langen Reise.

In ihr Tagebuch schrieb sie:
Sterben kann auch sehr glücklich machen, ich habe
mich heute darauf gefreut.

Meine Hand, mein Mörder.
Mein Tod, mein verlogenes Leben.

Was gut war für alle,
nutzte mir nichts.

Kein Erbarmen.
Es gab nichts mehr zu kämpfen.
Es gab nichts mehr zu ändern.

Es gab nichts mehr zu atmen.
Lebt wohl.
Leb wohl.

Ja, ich will,
ja, ich will,
ja, ich will,
Liebster, ich will
sterben.

Es ist schön so, der Schmerz wärmt mich.
Bald beginnen die wenigen Handgriffe,
den Selbstmord betreffend.

Sieh, meine Seele ist geisteskrank.

Ich bin jetzt ruhig.
Nur Wahnsinnige sind so ruhig.
Verschließt die Tür.
Geht, gebt den Schlüssel den Toten.

Am 4. Januar abends war sie tot.
Sie hatte sich mit dem Übermut der Traurigen
selbst getötet.

Es war ihr leicht.

Reiß mir ein Haar aus,
fang einen Fisch damit.

Anhang
(weitere Fragmente)

Die Reinheit errötet,
die Ruhe tötet;
dazwischen die Liebe,
das Einfache da.

Kälte kennt keinen Kleinkram.
Das ist mein Lieblingskuß.

Als die Farben von der Liebe fielen,
war sie zum Berühren viel zu schwer.

Die Wiener Gedichte

»wenn man fast allein ist ist alles was es gibt fast allein«

Gertrude Stein

Ach, alles Irdische.
Ach, am Abend ein Wind.
Ach, die Hand im Haar eines Mädchens.
Ach, die Hand eines Mädchens im Haar.

Die blauen Sommer

Die blauen Sommer sind vorbei.
Das Blut hat lange Reisen hinter sich
und pocht nicht mehr auf sein Recht,
von Adel zu sein. Und die da gehn,
sie gehen wie mit sich allein und reden
zu sich selbst und träumen schlecht,
denn durch den Traum geht, wie an Fäden
aufgehängt, doch nicht von ihrer Hand
gelenkt, der Tod. Und was wir Schlaf
und Traum und Liebe nennen, einerlei,
es ist nach ihm benannt.

Haltestelle Sensengasse

Niemand in der Stadt
ist berühmter als der Tod.
Am Nebentisch ist immer
ein Platz für ihn frei.
Er grüßt herüber.
Welchen Grund hätte man,
unhöflich zu sein?
Im Fahrstuhl drückt er
die gleiche Etage
und folgt dir vor die Tür.
Ohne weiter zu stören,
tritt er ein und bleibt
bis zum Einschlafen.
Keine Angst. Du gewöhnst
dich an seine Geduld.

Rat an ein Mädchen, das mir in der Straßenbahn gegenübersitzt

Nein, die Schuhe brauchst du nicht ausziehen,
nicht unbedingt, aber stell die Musik ab, die
dich hindert, selbst die Arme auszubreiten.
Laß lieber den Beinen genug Spielraum. Vergiß
die engen Sitze in deinem Lieblingskino und
alle Filme, die du liebst. Glaub mir, es lohnt
sich. Und die Fotos der Filmstars, reiß sie
von den Wänden. Alle kennst du besser als dich
selbst. Hab keine Angst, daß es still ist.
Dein Herzklopfen sieht man, man hört es nicht.
Und die Musik, wie gesagt, ist zu Ende. Und
reden will nur das Schweigen, nicht du. Und
da du inzwischen auch die Knöpfe an deinem Hemd
in Ruhe läßt, ist es noch ruhiger geworden.
So einfach ist es. Aber erschrick nicht, daß es
einfach ist. Und nenn es nicht Liebe. Besser,
nichts hat einen Namen, die Liebe nicht,
und er und du auch nicht.

Haltestelle Berggasse

Unsichtbar wie sie ist
könnte die menschliche Seele
ein Meisterwerk sein
oder fauler Zauber.
Verlaß ist auf sie nicht.
Aber daß sie der Lieblingsplatz
meiner Katze ist, das stimmt.

Katze in Wien

Sie bat mich,
sie nicht zu streicheln,
sie weder wahrzunehmen
noch gar zu beneiden.

So lag sie in der Sonne,
den Kopf auf den Pfoten,
auf der Fensterbank.

Das genügte heute,
um glücklich zu sein.

Café Hawelka

Die Türken, das ist wahr,
brachten den Kaffee nach Wien.
Dieser Import aber wäre folgenlos
geblieben ohne zwei Menschen,
bis heute bekannt unter dem Namen
Herr und Frau Hawelka.

Als die Handwerker anrückten,
um das gerade erworbene Kaffeehaus
in der Dorotheergasse zu streichen,
ließen sie erst einmal alle Eimer zu,
ließen die breiten Pinsel unberührt,
setzten sich und rauchten eine,
eine nach der anderen.

Als sie damit fertig waren,
hatten die Wände wie von selbst
jene gelbe Tönung angenommen,
über die sich zu wundern jedem Gast gefällt.
Die ersten Stammgäste trafen ein.
Bildhauer schleppten Staub herein,
der treu liegenblieb. Es kamen
Maler und Dichter und Schauspieler,
begabt genug, sich wohl zu fühlen.
Mit jedem Gedanken an Selbstmord
wurden die Mädchen immer schöner.
Interessant war das! Man blieb also
besser sitzen, bis schläfenwarm

die kleinen Kuchen aus der Küche kamen.
Seit bald einem halben Jahrhundert
wird es darüber Mitternacht.

Wien, Ringstraße

Das war's, sagt die Geschichte
und gibt die letzten Befehle.
Den Pferden befiehlt sie Halt auf einem Huf,
den Lebenden, die Toten zu verscharren,
den Steinen auszuharren
in der Pose des Verschwindens.
Die Tauben befiehlt sie zurück
auf die Köpfe der Dichter.

Kehrt den Staub aller Schlachten zusammen.
Die Farben der Fahnen, schenkt sie den Kindern.
Am Schwert des Feldherrn verehrt
die Kunst der Handwerker.

Frühling in Wien

I
Nicht aber wie alle, denen ein Zufall genügt,
warteten unsere Liebenden auf den Frühling.
Noch waren sie sich nicht begegnet,
doch wußte jeder vom anderen alles.
Zu oft hatten sie einander alles erzählt.
Und so stand ihnen nur noch das Geheimnis
ihres Kennenlernens bevor. In Gedanken
daran schlossen sie die Augen.

II
Frühling sein kein Mann allein.
Frühling sein kein ohne Frau.
Frühling sein kein auch ohne Vögel.
Mann sein auch kein ohne Vögel.
Frau aber kein Vögel sein.

III
Die Erde erwärmt sich.
Der Baum im Hof weiß es.
Die Wissenschaft auch.
Auch der Wintermantel.
Der Mensch, der einem verlorenen Handschuh
nachtrauert, stirbt aus.
Die Erde erwärmt sich.
Schlafende haben es eilig.
Liebende liegen gen Süden
im Bett, bis in die Zehen in Luft.

Mönche beten in eigenen Brauereien.
Jesus, noch immer barfuß, betritt
noch einmal eine Wasseroberfläche,
aber das Publikum wendet sich um.
Es kippt der letzte Eisberg.
Gedenksteine schwitzen und die Ziegel
des Kirchendachs gegenüber.
Damit ist klar:
Kälte als Rohstoff wird rar.
Nur die Liebenden da oben
liegen immer noch im Bett.

IV
Kaum ist der Frühling vorbei,
macht ein Vogel, der eben noch sang,
schon Geschrei.

In einem Beisl

Schau dort, der alte Mann dort
an seinem Tisch, wie fein er sich
gemacht hat und mit wieviel Geduld
er dasitzt und wie höflich er wartet
und wie er sich beim Kellner bedankt
für die Aufmerksamkeit,
ihm das Essen auch zu bringen,
und wie er dann alles anschaut,
als untersuche er die Formation
einer Armee von Zinnsoldaten,
die er gleich in die Schlacht schickt,
und wie sorgfältig er die Kartoffeln
vom Gemüse trennt, und das Gemüse
vom Fleisch, und wie er dann fast
erschrickt, siehst du, denn
untrennbar von allem schwimmt
auf dem ganzen Teller die Soße.
Auf ihrer Oberfläche erscheint,
als hätte er mit Messer und Gabel
danach gesucht, seine Frau.
Er lehnt sich zurück, außer Sichtweite
sozusagen, und bindet sich schnell
die Serviette um. Um nicht gesehen
zu werden, auch von uns nicht,
setzt er die Brille ab.

Wiener Einsamkeit

Ähnliches habe ich in einem Film
über Irre gesehen, auf noch weniger
Quadratmetern. Nur kam da keiner auf
die Idee, sich nach jedem Atemzug
die Hände waschen zu wollen oder
das weltferne Bild eines Fensters
auch nur zu berühren. Sie standen auch
nicht wie ich andauernd vom Tisch auf
und rauchten auch nicht.
Einer ging nur noch im Kreis.
Auf einer runden Erde, dachte ich,
ohne Zweifel die Ideallinie.

Soviel zum Rosenkavalier

Sie schwören Treue
Sie üben Verzeihen
Gebunden in Ehen Die
Prächtig gedeihen Denn
Liebe ist teilbar Ein
Messer das tanzende Herz
Das glücklose Kunststück
Zu schneiden den Schmerz
In gleiche einander
Ergänzende Hälften

Schwere Trunkenheit

Ich denke, also bin ich.
Also denkt bin, daß ich sie ist,
und sie bist, daß ich mich.
Das ist es, denke ich,
und mich bin.

Wieder ein Wiener

Zum 60. Geburtstag von Ernst Jandl

So einen Dichter hatte ich noch nie gehört.
Und wie ein Dichter hat er auch nicht ausgeschaut.
Das Stille hat er laut gesungen,
das Laute hat er stumm gekaut.

Klein war er. Und er schwitzte notgedrungen.
Und er war sehr ernst. Mir schien, daß ihn
beim Sprechen vor allem eines stört: die Sprache.
Sie machte ihn krank.

Von einer Dichterlesung konnte, gottseidank,
bald keine Rede mehr sein. Er schrie,
er flüsterte, biß in Sätze hinein,
riß sie, unendlich schweigsam, in Stücke.

Ein Clown, belehrt nur von der Tücke
des Objekts. Ein Humorist der Melancholie.
Ein einfacher Arbeiter, der zur Sache geht.
Ein Irrgewordener zugleich, verirrt ins Alphabet.

Auch wenn er lachte, lachte er durchdacht.
Eine Buchhändlerin genierte sich dafür,
daß die Poesie doch noch Fortschritte macht.
Seither sind viele Jahre vergangen.
Aber von vielem, was vergangen, sagt man doch:
damals in Wien hat es angefangen.

Hotel Orient

Seit Menschengedenken gehen dorthin
die Liebespaare und entkleiden sich
unter Liebkosungen einer Leidenschaft,
die auch Fiakerkutschern einleuchten.
Langsam entweicht der schlechte Schlaf
anderer Gewohnheiten. Man wagt zu lachen.
Das Fleisch der Frauen, dieses Diebesgut,
das es zu teilen gilt, schwerer ist es
als die samtenen Vorhänge, deren Farbe
daran erinnert, daß hier keine Kinder
gezeugt werden. Auch sonst wird aus dem,
was hier geschieht, nie ein ganzes Leben.
Es reicht, sagt er, die Zeit nicht.
Und sie, seit Menschengedenken will sie
darüber weinen, glaubt ihm.

Die Sünde ist unvermeidlich,
doch alles wird gut
und Dinge aller Art nehmen ein gutes Ende.

T. S. Eliot, Four Quartets

Gedichte für die linke Hand

Was wäre Liebe ohne diesen Riss
Von oben bis unten Es machte keinen Sinn
Gäbe es Gewissheit Ohne Anmaßung
Will sie nicht gelingen Ohne Sünde
Wäre sie vergessen Ohne Verzeihen
Undenkbar Unbrauchbar ohne Demut

Das Bett ist noch warm.
Da ist noch Milch und Honig im Kissen,
auf dem Leintuch Reste guter Laune,
und die Schuhe, die wir suchen,
haben wir erst gar nicht ausgezogen.
Jetzt hilft nur noch eines.
Wer weint, muß sterben.

Sein ganzes Leben lang war er
verrückt nach seiner Frau. Noch
auf dem Sterbebett war er verrückt
nach ihr. Und immer noch, wie jetzt,
wurde sie rot dabei. Und weil ihm
gefiel, was er sah, brachte er
mit dem letzten seiner Atemzüge
ihr Haar noch einmal so durcheinander,
wie er das, sein ganzes Leben lang,
so gern mit den Händen getan hatte.

Sie hatten sich so sehr gewöhnt
an Tage und Nächte ereignisloser Treue,
an den nie unruhigen Herzschlag
beim Abschied oder einem Wiedersehen,
daß sie darüber glücklich wurden.

Willst du, daß die Liebe glückt,
nimm ein Mädchen, das sich bückt.

Wir liebten uns.
Wir liebten uns mit allem,
was dran war an uns,
was, wenn wir uns liebten,
mehr war als alles,
was dran war.

wir liebten wie es war
wie es mehr wurde
mehr oder weniger mehr
und wieder weniger

alles machten wir selbst
es war unsere Sache
die Liebe und die Sache
die man so nennt

Liebende sind komisch.
Immer haben sie eine Hand frei
Und sehen das Krokodil nicht
In der anderen.

Wenn du liebst,
rechne damit, daß es
wehtut wie Liebe.

Jeder weiß ganz genau,
was es ungefähr ist.
Geliebt hat jeder schon.
Aber, und das ist das Seltsame,
es war nie alles.
Und wenn es das war,
dauerte es nie lange.

Liebende irren. Fragment schon der Anfang
Denn Zeit ist nie reif für Vollendung.
Was wirklich geschah ist vergangen.
Briefe brechen ab. Es brechen die Betten
Der Helden unterm Gewicht ihrer Zuversicht.
Die Hölle (heißt es) heilt sich durch Feuer.
Wahnsinn war immer der Liebe verläßlichster Lohn
Und Marmor gut für Muskeln. Kaum brauchbar
Hingegen der Götter Göttlichstes:
Den hart behaarten Zeugungsknochen
Dem das Geschrei flüchtender Nymphen galt
Besiegt durch das Recht der Begierde.
Was Geschichte ist Scheitern am Irrtum
Der Zeiten. Landstraße. Abend. Ein Baum
Ohne den Schatten einer Erkenntnis.

I

Wissen willst du, wie das ist mit der Liebe?
Sie ist da, sie ist nicht da. Man findet sich am besten
damit ab. Und macht sich keine Gedanken.
Und stört mit dem, was man denkt, nicht den,
der nicht denkt. Und Vorsicht! Sie hat nie Hunger,
macht aber immer den Mund auf.

II

Schließ deine Augen,
denn Liebe gleicht keinem,
keiner Frau, keinem Mann.
Wie leicht man sie trotzdem
mit beiden verwechseln kann.

Ich liebe den Kerl, wenn Sie verstehen,
was ich meine, und was von Liebe verstehen.
Dein Arsch, sagt er, wenn er hinfaßt, gehört mir!
Er gehört dir, sage ich, einverstanden.

Seine Hand an meinem Hintern,
wenn Sie verstehen, was ich meine, tut gut,
und wie er redet und ich ihm antworte

und wie er die Liebe dann,
ein Kind mehr als ein Mann, mir überläßt,
denn Liebe, sagt er, das Wichtigste,
das ist deine Sache.

Wer sind die Menschen,
die sich gewöhnlich gegen Mitternacht
vor dem Eisschrank einfinden
und auf der Suche nach Gesellschaft
hineinschreien?

Ich kenne das aus eigener Erfahrung.
Die Salami ist aus Kunst, der Schrei auch.
Was soll antworten?

Ich bin wie die Toten.
Ich komme nachts.
Es müssen, was ich bin,
Träume sein.

Wie gut ich immer schlief,
während dein Herz sich noch abmühte
mit Träumen, in denen du nie älter warst
als das liebste meiner Geheimnisse.

Vielleicht ist Liebe, wie immer,
wenn wir liebten, das falsche Wort.
Ich muß mindestens einen Liter Wasser
getrunken haben zwischendurch.

Komm, Liebling,
erlösen wir die Liebe,
holen wir sie vom Himmel,
kratzen wir sie von den Schuhsohlen,
gehen wir schwimmen
oder tun auf dem Teppich so,
als gingen wir unter.

Es passierte nicht viel.
Wie gern ich das hatte.

Ich habe zugehört.
Wie gern ich zuhörte.

Viel verstand ich nie.
Wie gut das tat.

Gefiel ihm eine Frau, entkleidete er sie.
Das ist die Wahrheit. Das ist alles.
Er ließ sich Zeit, Wochen, Monate, ja Jahre,
selbst dem geübtesten Auge wäre nichts aufgefallen.
Das ist alles. Das ist die Wahrheit.
Berührung auf jede Entfernung,
also ein Wunder oder nichts.

Alles fing damit an
Daß ich ihr gefiel
Weil ich zu den Gedanken paßte
Die ihr gefielen

Wohin mit den Menschen
In Kenntnis der vielen
Gedanken, die nehmen was
Rund ist zum Spielen?

Wie ich sie liebte, die italienischen Städte,
in deren Straßen ich nach dir suchte,
in deren Museen ich hinter dir kniete und wartete,
bis dein Hintern in einen dieser Goldrahmen passt.
Also sei so nett und werde fett.

Sie weinte,
einen ganzen Becher voll.
Und er, um sie zu trösten,
trank ihn aus.

Er liebte sie nicht mehr.
Er sah ihr an, daß er sie
nicht mehr liebte.

In ihm,
der ein Vogel war,
saß ein Mensch
ohne Flügel.

Ich starb ruhig, ausgeruht
und bis auf die Gesichter,
die alle machten, zufrieden.
Wie traurig sie aussahen!
Geht nach Hause. Das tu ich,
falls es das gibt, jetzt auch.

oder die Liebe

das Ende allen Nachdenkens,
das Verschenken des Denkens

wie alles sich, bis es beisammen ist, bewegt
dank der Klugheit der Gelenke,
die sich an uns erinnern

Die Damen mit den orangenen Hüten

Es gibt eine Art Geduld, die einen alles vergessen läßt.

Ich liebe,
ich habe Glück,
ich bin frei.

Und die Liebe war, was sie sein sollte,
ein in täglicher Anwendung erprobter Zustand
höchster Einfachheit.

OHNE LIEBE WIRD NIEMAND
Etwas verstanden haben vom Ruhm
Ein Mensch gewesen zu sein

Wolf Wondratschek im dtv

»Wondratschek erzählt unerhörte Begebenheiten und wunderliche Schicksale mit seltener Prägnanz, lakonisch und lebendig.«
Gert Mattenklott

Die große Beleidigung
Vier Erzählungen
ISBN 978-3-423-13059-2

Mozarts Friseur
ISBN 978-3-423-13186-5

Die Einsamkeit der Männer
Carmen
oder Bin ich das Arschloch
der achtziger Jahre
Gedichte
ISBN 978-3-423-13332-6

Im Dickicht der Fäuste
ISBN 978-3-423-13362-3

Mara
Eine Erzählung
ISBN 978-3-423-13407-1

Einer von der Straße
Roman
ISBN 978-3-423-13426-2

Tabori in Fuschl
Gedichte
ISBN 978-3-423-13458-3

Kelly-Briefe
ISBN 978-3-423-13480-4

Früher begann der Tag mit einer Schußwunde
Ein Bauer zeugt mit einer Bäuerin einen Bauernjungen, der unbedingt Knecht werden will
ISBN 978-3-423-13527-6

Die weißen Jahre
Reportagen und Stories
ISBN 978-3-423-13541-2

Chuck's Zimmer
Gedichte-Lieder
ISBN 978-3-423-13576-4

Saint Tropez
und andere Erzählungen
ISBN 978-3-423-13647-1

Lied von der Liebe
ISBN 978-3-423-13664-8

Bitte besuchen Sie uns im Internet: www.dtv.de

Ilija Trojanow im dtv

»Trojanow verwebt Orientalisches mit Westlich-Technischem, tobt sich im Detail aus, um dann zum kühnen Zeitensprung anzusetzen. Kurz: Er überrascht, wo er nur kann.«
Der Spiegel

Die Welt ist groß und Rettung lauert überall
Roman

ISBN 978-3-423-**12654**-0

Alex' Eltern ertragen den Alltag unter der Diktatur in ihrem Heimatland nicht länger, und hinter dem Horizont lockt das gelobte Land. Doch schon bald nach der Flucht zeigt sich, daß sie nicht nur einen Gobelin und die Großeltern zurückgelassen haben. Denn zwischen Traum und Wirklichkeit liegen Welten.

Der Weltensammler
Roman

ISBN 978-3-423-**13581**-8

Als Kundschafter der englischen Krone soll Burton in der Kolonie Britisch-Indien dienen – eine verlockende Aufgabe, die bald zur Obsession wird, das Fremde zu enträtseln und darin aufzugehen.

Autopol
in Zusammenarbeit mit Rudolf Spindler
dtv premium

ISBN 978-3-423-**24114**-4

Sten Rasin mag das schöne neue Europa des 21. Jahrhunderts nicht. Doch bei der jüngsten Aktion seiner Widerstandsgruppe wird er geschnappt. Einmal zu oft. Er wird »ausgeschafft«, dorthin, von wo es kein Zurück gibt – nach Autopol. Aber Rasin ist kein gewöhnlicher Krimineller. Er ist Idealist, ein Kämpfer, und er will zurück in die Freiheit. Schnell schafft er sich auch in Autopol Verbündete ...

Die fingierte Revolution
Bulgarien, eine exemplarische Geschichte

ISBN 978-3-423-**34373**-2

Seit dem Fall des Eisernen Vorhangs hat Ilija Trojanow sein Herkunftsland Bulgarien regelmäßig besucht. Das Resümee: Die alte Nomenklatura wurde nie abgelöst, die Wirtschaft ist nicht privatisiert, sondern piratisiert, die Vergangenheit ist nicht bewältigt. Eine provozierende Analyse über Wunschdenken und osteuropäische Realität.

Uwe Timm im dtv

»Als Stilist und Erzähler sucht Uwe Timm
in Deutschland seinesgleichen.«
Christian Kracht in ›Tempo‹

Heißer Sommer
Roman
ISBN 978-3-423-**12547**-5

Johannisnacht
Roman
ISBN 978-3-423-**12592**-5
»Ein witzig-liebevoller Roman über das Chaos nach dem Fall der Mauer.« (Wolfgang Seibel)

Der Schlangenbaum
Roman
ISBN 978-3-423-**12643**-4

Morenga
Roman
ISBN 978-3-423-**12725**-7

Kerbels Flucht
Roman
ISBN 978-3-423-**12765**-3

Römische Aufzeichnungen
ISBN 978-3-423-**12766**-0

Die Entdeckung der Currywurst · Novelle
ISBN 978-3-423-**12839**-1
und dtv großdruck
ISBN 978-3-423-**25227**-0
»Eine ebenso groteske wie rührende Liebesgeschichte ...« (Detlef Grumbach)

Nicht morgen, nicht gestern
Erzählungen
ISBN 978-3-423-**12891**-9

Kopfjäger
Roman
ISBN 978-3-423-**12937**-4

Der Mann auf dem Hochrad
Roman
ISBN 978-3-423-**12965**-7

Rot
Roman
ISBN 978-3-423-**13125**-4

Am Beispiel meines Bruders
ISBN 978-3-423-**13316**-6
Eine typische deutsche Familiengeschichte.

Uwe Timm Lesebuch
Die Stimme beim Schreiben
Hg. v. Martin Hielscher
ISBN 978-3-423-**13317**-3

Der Freund und der Fremde
ISBN 978-3-423-**13557**-3

Martin Hielscher
Uwe Timm
dtv portrait
ISBN 978-3-423-**31081**-9

Heimito von Doderer im dtv

»Hier ist, wie in einem gewaltigen Spiegel, die letzte mürbe Reife einer jahrhundertealten Kultur eingefangen.«
Hilde Spiel

Die Strudlhofstiege oder Melzer und die Tiefe der Jahre
Roman
ISBN 978-3-423-**01254**-6
Ein epochaler Großstadtroman, das »non plus ultra österreichischer Lebenshaltung« (Hilde Spiel), ein großes Zeitgemälde über die Jahre knapp vor und nach dem Ende des Ersten Weltkriegs.

Ein Mord den jeder begeht
Roman
ISBN 978-3-423-**10083**-0
Lebensroman eines jungen Mannes, der in den Wirren eines ungewöhnlichen Schicksals schließlich zur Wahrheit und zu sich selbst findet.

Die Dämonen
Nach der Chronik des Sektionsrates Geyrenhoff
Roman
ISBN 978-3-423-**10476**-0
Ein schillerndes Gesellschaftsepos aus dem Wien der zwanziger Jahre.

Die Merowinger oder Die totale Familie
ISBN 978-3-423-**11308**-3
Childerich von Bartenbruch, Majoratsherr aus Mittelfranken, hält sich nicht nur für einen Nachfahren der Merowinger, sondern verfolgt auch hartnäckig die Realisierung seiner Idee von der totalen Familie.

Die Wasserfälle von Slunj
Roman
ISBN 978-3-423-**11411**-0
Österreich um die Jahrhundertwende, die Atmosphäre Wiens und der Donaumonarchie in dichtester Fülle: Doderers letzter vollendeter Roman.

Tangenten
Aus dem Tagebuch eines Schriftstellers. 1940–1950
ISBN 978-3-423-**12014**-2

Henner Löffler
Doderer-ABC. Ein Lexikon für Heimitisten
ISBN 978-3-423-**12932**-9
100 Stichworte zum Gesamtwerk des großen österreichischen Romanciers. »Für jeden weiteren Aufenthalt imOdererland unverzichtbar.« (Thomas Wirtz in der ›FAZ‹)